詩集
夕映えのなか

坂本法子

砂子屋書房

夕映えのなか＊目次

I　旅行をする

Ⅱ　墓参

Ⅲ　自然と生活

装本・倉本　修

詩集

夕映えのなか

I　旅行をする

バルト海を渡る

夏の乗物は船がいい
海の上　大地を歩くように行く船
白い客船に乗ってヘルシンキからタリンへ行く
太陽が射してきらきら輝く海
絹のようにやわらかい！　バルト海

島が海面に影をおとす
カモメが空高く舞い上がったり
海面すれすれに飛んだり

島には無人の小屋が建っている
この海は世界につながっている

水平線に
細長く両端が反り上がったバイキング船があらわれ
毛皮の帽子　毛皮のチョッキ　毛織物と奴隷
金貨　アラブ銀貨　銀製腕輪等を略奪し
水と食料を手に入れ　消えた

客船からルンバが聞こえてくる
船の中はこみあってダンスをしている
バイキングの店も出ている
ニシン　酢漬ニシン　燻製サケ
チーズやパン　ローストポーク　グラタン

船内の広場から屋上に上がると
古都　トームペア城が見えてくる

スウェーデンの夏

ストックホルム駅から地下鉄に乗ってガムラ・スタンへ行く
微風が吹いて肌さむい
王宮の広場では閲兵の交替式が行われている
王宮に入ると　十二人の歴代の国王・女王の肖像画　シャンデリア
銀器　ガラス収集品等　陳列されている
隣の博物館に入ると
十七世紀の王　グスタフ二世が戦死した時　乗っていた軍馬の剝製
十八世紀末　オペラ座の仮装舞踏会で暗殺されたグスタフ三世の血のついた服
暗殺者の貴族が使ったピストル　仮装マスク等

展示されている

灰色の雲がだんだん黒く色濃くなってきた
しゅう雨がきた
重厚な王宮の扉が閉まる
王族たちの肖像画から王が飛び出してきてらんらんと目を輝かす
バルト海に雨が落ちる
若い男が自転車をバスにのせて帰ってくる
買い物袋をさげている
ホテルのエレベータで五階までいきマンションの部屋に入る
女はまだ帰ってこない
男は夕食の支度にとりかかる
　ヒラメのグリル
ミートボール

ポテトのレンジやき
キャベツのサラダ
定番のスウェーデン料理だ
女が帰ってきたらワインを出そう

それまではきみはきみ　ぼくはぼく　お互い自由だ
もしも　子どもが出来たら正式に結婚しよう
スウェーデンの夏は短い
この部屋は暖炉が燃えてあたたかい
食卓にはビクトリア王女の結婚式のチョコレートが置かれている

鰯

わたしは歯医者へ行った
右下の大臼歯が虫歯になって
大きな洞穴があいています
神経もやられています
洞穴の中にイワシの骨が残っています

昨年の夏　私たちは彼と共にポルトガルのナザレに行った
ナザレはポルトガルの大きな漁港です
大西洋の潮の香りが漂い砂浜が続いている

炭火で焼いたイワシの匂いがしてくる
どこからともなくサウダーデ[*1]の歌が聞こえる
砂浜には白いテントが並んで青い海に映っている

彼は「ぼくは五ツ星ホテルに泊まっているのだよ
　ここに来たらイワシを食べないと」と言う
私は「私たちは民宿に泊まっています
　でも見るところはあなたと同じだから」と言い返す
皆で白いテントに入ってイワシを食べた
漁師たちはイワシを食べながらワインを片手に持って
ファド[*2]を歌っている

大西洋から泳いできたイワシのフィッシュボール
クジラやシャチに食べられながら

おじいさんが網で受けとめたイワシ
中国船にぶつかりながら捕ってきた
イワシ　イワシ　イワシ
今もイワシの匂いがわたしの歯の中にしみついている

＊1　サウダーデ　ポルトガル語で憂愁のこと
＊2　ファド　ポルトガルの演歌

楊さんの話

西風にのって黄砂がとんでくる
春がやってきた
と留学生の楊さんが言う
楊さんは環境問題を研究している
車のバンパーをふいて
洗濯物をパタパタ　はたいている

楊さんのふるさと　武漢は
黄砂がとんで夕暮れのようだ

ここは『三国志』の舞台となった
兵士が砂塵の中からあらわれ　消えていく
兵馬がばたばた倒れて行く
砂塵が舞って　黄砂がつもっている

時を経て　林立する古いビルディングが建っている
農民が天秤棒をかついで
ブドウを売りにきた
アスファルトの広い道路の片隅で
チンゲンサイ　ターツァイ　クレソン　トマト　ブドウを売っている

わたしは楊さんと共に　レストランで洋食を食べて
黄鶴楼へ登った
見下ろすと

長江は黄砂を含んだ泥水が流れている
楊さんは「植林をしよう」　と言った

モンゴルの思い出

秋野菜を植える頃となった
家の裏の畑に行くと　丈の高い草が生い茂ってい
る　息子に「草を刈ってよ」と言うと　「山羊を飼
いなさい　山羊に草を食べてもらいなさい　山羊
乳も飲めるから一挙両得だよ」と言う
雑草を刈ることより動物を飼うことの方が大変だ
笑うに笑えない気持ちになった

ある日　中国からの留学生楊さんから「家に遊び

に来て」とお誘いを受けた　私たちはモンゴルへ
行った　フフホトに着くと楊さんが出迎えてくれ
た　フフホトはモンゴル語で「青い城」と言う意
味があり　チリひとつない近代都市だった　その
ビルの一階が楊さんの住居だった　ご両親は大変
歓迎して下さり　ジンギスカン料理をご馳走にな
った
「自分達は漢民族なのだ」と誇らしげに言ってお
られた　小型バスに乗って二時間程走ると大草原
が広がっている

見渡す限り緑のじゅうたん
大草原の草を食べている何百頭の羊たち
モンゴルのテント式住居パオ　三個

馬に乗って羊を追っている少年たち
山羊が草を食んでいる　五頭

五十代の細身の夫と丸顔の奥さんがパオの前で私たちを出迎えてくれた　パオの中へ入ると　ペルシャじゅうたんが敷いてある　端にはソファーのようなベッドがある　正面に夫が座り私たちが座り中学生と小学生の子供たちが座って丸くなっている　奥さんがもてなしてくれる
まず山羊乳のチャオがふるまわれる　三十分前に塩ゆでした羊の頭がデンと置かれる　山羊乳から作ったチーズ　カボチャの種などがある　お客様への一番上等なもてなしだそうだ　楊さんが通訳してくれるが私たちは羊の頭に驚いてポカンとし

ている　みんなで羊の頭の肉をつっついて食べる
わたしはおいしいとは思わないがおいしそうに食
べた　子供たちは馬で街の学校へ行くらしい　私
たちに挨拶して出て行った

はらほげ地蔵*

鯨が船にぶつかってくる
海は高くなったり　低くなったり
白波がおしよせる

船はカーブして水しぶきをあげながら進んで行く
水平線上に朝鮮半島が浮かぶ
ビルの骨組みがゆらゆらしながら
せまってくる

十三世紀後半　元から大軍がおしよせてきた

十六世紀後半　秀吉が朝鮮に向けて出兵した
戦いの音　悲鳴の声　血の臭い
海の中にしずんでいる

その時から海女がこのあたりを潜ると腹が痛くなった
鯨も少なくなった
いつしか漁師たちが八幡半島内海に六道の地蔵様を作った
地獄の地蔵　餓鬼の地蔵　畜生の地蔵　修羅の地蔵　人間の地蔵　天の地蔵

六体の地蔵様は赤いよだれかけをして　海に向かって立っている
どの地蔵様の腹もくりぬかれ大穴があいて
そこに供物が供えられている

＊はらほげ地蔵は長崎県壱岐にある

古風な二人の旅

箱根の山へ　スイッチバック電車で行く　赤塗の四両車両
山の頂上から下りてくる電車　ガタガタガター
上り坂を行く　ガタガタガター
線路の両側にはアケビの白粒の花　シャクナゲ　もみじ　あじさいの芽
妻を亡くした彼と夫を亡くした私との二人の旅行だ
彼と私　二人並んで電車にのると　若者たちの声がにぎやかだ
森の中　木漏れ日をあびて　電車は走る

濃霧がおりてくる

もうお互いに生きて行く時間は永くない
この濃霧のような白い息吹を何度吸ったり　はいたりできるだろうか
手を伸ばせば　となりのベッドに彼の広い胸がある
ああ！　彼の胸の中で　泣きたい
私は何度も寝がえりを打つ

ねむれなくて起き出し　サムエ風の夜着を脱ぐ
浴衣を着ようとすると　細帯がない
あたりを探したけど　みつからない
妻の霊が細帯をどこかに隠したのだ
あきらめて旅行着にかえて部屋をでる
丸い大きな月がヒメシャラの木の上に
ぼぉーとかかっている　濃霧はいよいよ増してくる

成川美術館は閑散として「毛利武彦の世界」が展示されている
私は「華厳の滝」の絵に魅かれ足をとめると
夫との結婚生活がよみがえる
彼は「春暁」の絵をみて片岡珠子の弟子だった妻を思い出している

ティールームに入ると
眼下に芦ノ湖がひらけてくる
火山帯の上にある芦ノ湖はいまは波もなく静かだ
遊覧船が湖上を走り　富士山は霧に隠れている

美術館を出て箱根の関所へ行く
彼は学生をつれて何度も見に来たという
家屋は黒く堂々としている
敷居をまたぐと江戸時代の家具　おくど　茶碗が並んでいる

亡夫が棲んでる世界のようだ

さようならを言って手を振ると
霧がはれてくる
彼は湯本駅から電車で新宿へ帰る
私は小田原駅まで出て岡山へかえる

熱海の海岸

東方の山の上　白いいわし雲が出ている
海岸沿いに白いホテルが建ち並び
まわりの山の頂上まで白い屋根と四角い窓が見える
ホテルの前には遊歩道があり　パームツリーが立っている
リュウゼツラン　ヤシの木　ブーゲンビリアの紅い花が咲いている
地中海風のリゾート地に変わっている

海岸通りの遊歩道を歩くと
松の木があり　貫一・お宮の像が葉影から顔を出す

貫一はマントを着て　ほうば高下駄をはいて
学生帽をかぶっている
お宮は跪いて貫一に許しをこうている
貫一さん　わたしはお金持ちの人と結婚いたします
貫一さんとはお別れです
どうか一生懸命勉強して　偉い人になって下さい
　お宮は松になって貫一さんの生涯を眺めています

百年間を経て　平成の時代になりました
貫一はパソコン事業を立ち上げ　I・T会社の社長になった
東京の事務所・月一五〇万円のマンションに入っている
お宮は離婚して幼稚園へ通っている娘と共に暮らしている
熱海のホテルでウェディング・コンサルタントを開いている

仲秋の名月の日　十月十日
お宮の松のそばで二人は出会った
言葉をかけるには空白の時間が長すぎる
若さはお金では買えない
見上げると　遠くいわし雲が走って通り過ぎた

朝の太陽が真上にのぼる頃
二人は遊覧船に乗り込んで
向かいの初島めがけて出て行った
その後の二人に会ったことがない

II 墓参

言葉の行方

雨が降り出した
向かい側の竹は雨滴の重さに首をたれている
雨はとぎれることがない
白い霧の中　あの人の顔が浮き出てくる

携帯電話が鳴り出した
あの人は「夜八時に帰ります」と言う
隣の家からぼぉーと灯がもれてきた
家族が丸いテーブルについている

あの人の足音が聞こえてくる
それは庭の木々の葉ずれの音
雨の落下する音
側溝に流れる水の音
風がでてきた
仏壇の蠟燭の灯がゆらゆらゆれる
ますます闇が深まっていく

雨がはげしく降ってきた
雨音はあの人からの言葉だ
「さきに　一人で食事して寝ていてください」

夜中　電話がかかりました

夜中　彼から電話がありました
ぼく　極楽寺旅館にいるのだけど
温泉に入ろうとしたら　財布を忘れておりました
いま　すぐ持って来てください

財布はどこにあるのですか
家の本通りの廊下をつきあたると
仏壇があります
仏壇の中の位牌の下にあります

それをカバンにつめて本とパンフレットも入れて
ついでに今朝の新聞も入れて
早く　持って来てください

どこへ行けばよいのですか
霊柩車を頼んで
梅林の中を突っ切って　高速をまっすぐ直進して
山間のひなびた旅館につきます
旅館の風呂はとても気持がよいのです
早く早く　持って来てください

わたしは飛び起きて
白い着物を着て
玄関の前に立っていました

墓の下の広場

白い炎が上がり　あの人が燃えた
列車に骨を積んで　がたがたと帰る

夜明け前
あの人が石段を上って家に帰ってきた
いつものように背広を脱いで丹前に着がえている
私はあの人の足にさわり
二本の足で立っているのを確めた
よかった　よかったと言って喜んだ

夜はしらじらと明けた
窓を開けると朝日が輝いて
冷気が足もとにしのびよってきた
向かい側の山々は
光と影のだんだら模様を描いている
振り返ると　あの人は消えていた

あの人は講演をするために出かけたのだ
祖先の人たちが集まって講演を聞いている
あの人はネクタイをしていない
白い着物そのままで話している
墓の下の広場は病人　死人でいっぱいである
介護をしてくれる人が必要なのだ

頭脳をなくした人は国債がふくれても
その手当てができないとなげいている
太陽は真っ白に輝いて　頭の上に乗っかっている

私は竹藪に続いている畑へ行った
竹の根がはびこって　葉が繁っている
風が竹の葉をゆさゆさゆすぶっても
びくともしない

夜の足音

朝が来て　夜になって　明日が始まる
どこを探しても　あなたはいない
夜　あなたが石段を上って家に帰ってくる足音がする
玄関のドアを開けると　風がスーと入ってくる

あなたと過ごした四十七年間
思い出の時間はとまったまま
あなたは「人生は旅だよ」というように
駅のホームに立っている

近づくと電車に乗って行ってしまった
わたしを残して
あなたはその夜　旅館に泊まり入浴中
気持ちよくあの世へ行ってしまった

わたしは涙が出ない　泣けない
何が悲しいのかわからない
やっと　わたしの心の中にあなたは帰ってきたのだから
わたしが淋しくならないように　たくさんの仕事を残して

明日が始まる
朝「ごはんですよ」と声をかけると
天井からあなたの声がする
「いま行くよ」と

訪ね人

あの人はすたすたと山道を登って　かげろうが棲む
極楽寺の門に消えた
竹がざわざわとさわいだ
十年が過ぎて
竹の花が咲いていた

わたしは毎朝いっぱいのコーヒーを飲む
頭がはっきりしてくると
おもむろに朝刊の訪ね人欄をみる

オスの茶色のふた猫が主人をさがしています

わたしは電話をして猫をひきとりに行った
きょとんとした顔をして　長い尾をピンと立てて
わたしにすりよってくる
猫はあの人を極楽寺に送り
帰り道がわからなくなっていた

家に猫を連れて帰ると
猫は主人顔をして
あの人をさがして
家の中をみてまわった

あの人は星になった

雨上がりの陽光に誘われて
庭に出ると
銀木犀の匂いがしてくる
白いこごめ花が落下して
地面は白い絨毯がしかれている

あの人はもう家に帰ってこない
生きることは何事も頑張ることだと言って
走り去った　あの人の人生

あの人が使ったペンの匂いがする
遠のいて行く思い出の数々

机の引き出しを開けると
手紙には四方八方にはねた文字が並ぶ
知人からもらった名刺の束
原稿用紙　領収書　貯金通帳
そこはあの人の聖域だった

停車場で

せいたかあわだちそうの群生の中
線路がぐるりとまわってのびて行き
向こうの山はあかね色です

夕やみが足もとにしのびよってき
わたしは線路にそって歩きだす
別れた人が去った方角に向かって　二歩　三歩と

白さぎが黄金色の稲穂の中に立ち

遠くをながめています
ああ　今日も終わってしまった

向こうの山にあなたのひとみが浮かんで
わたしの心の中をのぞいています
疲れて両肩をおとして立っています

わたしはぽっと光のさす停車場で
言葉もなく　聞き耳をたてて
夜汽車を待っています

墓参

秋雨が降り続き大雨となりました
家の裏山から土砂が落ちて来ました
赤い彼岸花が咲きはじめ墓地は花やいできました

私は実家の墓参りに行きました
家の裏山の中腹に墓所があり坂道を登って行きました
一番に父母の墓に参り線香をあげ花をさし水をあげました
前に祖父母の墓　その横におじさんの墓がありました
　一九四七年　森川鶴三　スマトラ沖で戦死

所沢ノ兵学校ヲ卒業シ少年航空兵トナリ　重爆撃機ノ
パイロットトシテトビ　スマトラ沖デ撃沈サレタ　二十七歳

おじさんの墓の中には写真一枚が入っています
五歳のわたしと十歳の兄と祖父母とおじさんが写っています
おじさんはカーキ色の軍服を着てゲートルをまいて
日の丸の旗を持っています　入隊式の前日でした

おじさんのアイデンティティは何であったのかと問う
唯　秋風がスッーと通り過ぎて行きました

墓地の近くに防空壕が掘ってありました
家族五、六人が入れる位の大きなたて穴でした
空がピカッ　ピカッと光り　B29機の音がし警報がなると

急いでみんな防空壕に入りました

防空壕の中には茣蓙がひいてありました
お腹がすくとおにぎりを食べました
みんな息をころして　黙っておりました

今　どこをみまわしても防空壕は見当たりません
大雨が降り続いたので　山の土砂がつぶしてしまった
ヒョロ　ヒョロしたクスの木が三本立っていました

梅雨

西の空が急に曇ってき
大粒の雨滴がポタリ　ポタ　ポタ
稲妻光り　雷が鳴り　どしゃぶりになった

部屋の中は暗い　何もみえない
メナヘム・ブレスラーがピアノ三重奏「幽霊」をひいている
静かな　明るい足音がしてくるようだ

気がつくとあの人が椅子に座っている

目をこらすと白いワイシャツをきている　雨にぬれていない
わたしはコーヒーを出す

あの人はいま山田方谷という人を探している
とコーヒーを飲みながら言う
わたしは山田方谷の本を探しに行く

山田方谷は文化二年（一八〇五）備中松山藩領阿賀郡西方村で菜種油を
作る農家に生まれた　陽明学者
藩主・板倉勝静が登用し元締役となり安政四年（一八五七）までの間に
十万両の借金があった藩財政をたて直した
方谷の言葉に「事の外に立ちて　事の内に屈せず」がある　七十三歳没
「ぼくの世界はあなたにはわからないだろうな」と言って

方谷駅に向かって
部屋から出て行った

窓を開けると
雨脚が小さくなり　雨滴が椿の葉からこぼれおちている
やがて　向こうの山に虹がかかってきた

棚経

長雨が降っている
庭の木々が生き生きして　緑濃く　葉が繁っている
お盆が近いので棚経をしに僧がやってくる

わたしは仏壇にお供えする
ご飯とお茶
りんごと夏菓子
ささきに紫陽花をそえて

お寺さんが車を運転してやってくる
玄関のブザーが鳴り　ドアを開けると
墨衣を着て　白足袋　下駄ばきの
大きな僧が立っている

仏壇の前に座って　お経をあげる
　なうまくさんまんだ　ばざら　だん　せんだ
　まかろしゃだ　そわたや　うんたらた　かんまん
それから鐘をたたいた

お経が終わると僧は向き直って言う
　大雨が降り山くずれはありませんでしたか
　家内安全　お家の皆さまのしわあせを願って　お経をあげました
　お盆には先祖の霊たちが家に帰ってきます

灯籠に灯をともして待っていてください

線香の煙があがり
雨の中
僧は隣の家へ向かって出て行った

黒い髪

寒々とした春がやってきた
みだれた髪を帽子で隠して
美容院へ行く
おばあちゃんも黒い髪にするために
となりに座っている
わたしの顔を見て
「地球は少し暖かくなったので
　ショートカットが似合いますよ」と言う
「可愛いおばあちゃんになったよ」と

あの人が言ってくれるかしら

二十年前に写した写真のアルバムをめくって見る
わたしはケルンのさびれたレストランで
あの人と食事をした
出窓にまっ赤なゼラニュウムが咲いていた
若い人が歌っていた
　イッヒ　ビン　アインマール　シュパチーレン
　プンプクプンプンプン
　ミット　アイネム　メートヘン　テロレロレロレン

それから二人でケルンの街を歩いた
墓のよしあしを言いながら　墓所を歩きまわった
一九六六年　パウル・ツェラン*もケルンの街を歩いた

近くのユダヤ人墓地の前を通り過ぎた
あの人にジャーマンアイリスをささげます
その内　風に吹かれて　花はしぼむでしょう

＊パウル・ツェラン　詩人
パリの共同墓地に眠っている

Ⅲ　自然と生活

蔦が絡みついた家

雨また雨　雨が降り出した
屋根を叩く雨音　激しく　弱弱しく
私の体はじわり　じわりと湿ってくる
うす暗い部屋の中から
白くけぶる庭をながめている

紋付の黒い着物を着た私が立っている
悲しさがわからないような顔をして
無の世界の入り口に立っている

紋は実家のツタだった
江戸時代　徳川吉宗が用いた紋
ツタが絡んで茂る
なじみ客と一生はなれないようにと芸妓や娼婦も用いた

ツタはわが家の壁にはりついている
切っても　切っても　しぶとく　はりついている
茶色い三つの小葉を出し　新緑となり　濃い緑色となる
ナツヅタ　アマズラ　モミジツタ
私はツタのように家にはりついて生きている

ネズミの宿

山あいの竹林の中　実家のあばら屋が建っている　白い壁をした二階建ての洋風建築だった　だが二十年間も経た古い家で　壁にはつたがはいまわっており　屋根には緑色のこけがはえている　時々風が屋根をたたきパタン　パタンという音がする　わたしは久し振りに掃除をする　家のまわりの笹を刈り雑草をとると　竹林から日射しが射してくる　家の中の掃除をすませると　窓にみかん色をした太陽がひっかかっていた　その日はあばら屋に泊まることにした

夜中天井裏からドタ　ドタ　チュッ　ドタン　チュッという音がして　わたしは目をさました　天井にネズミの家族が住みついている　わたしは猫の声をまねてニャアアア　ニャアアア　と言ってみる　二十年間猫とくらしていた　もう死んでしまった猫の声をした　しばらくして物音が消え　そしてまたドタ　ドタッ　と音がするネズミは猫を知らないのか　猫はこわくないと思っているのか無視している　しかたがないのでわたしは長いほうきの柄で天井をドン　ドンとつっついた　ネズミはしばらくの間　黙っている

そのうちネズミの父親が大黒柱に顔を出した　高いところからわたしを見下ろしている　わたしの目とネズミの目がぶつかった　ネズミは黙って乾いた目で　まっすぐにわたしをみている「家主はぼくなのだ」と言ってい

るようだ　わたしはネズミをみないように　布団をかぶって寝た　ネズミはいつのまにか空き部屋へ行ってしまった

月夜の海

満月の夜
月光に誘われて散歩をした
若い時天文部員だった彼は
空を見上げては
星の名前を呼んでいる
あれが　北斗七星
年に一度命日に会いましょう
北の方向へ向かうと

庭の白モクレンの花片がゆらゆらと
道に影をおとす
近くで波の音がする

橋を渡って
海の突堤に座ると
波の音が高く聞こえて
思いつめた彼の声がする
　人の役立つことをしたい
　一年早く生まれていたら
戦死していたのだから

魚やさん

魚やさんがやってきた
魚の歌をうたっている
塩水をのんだ魚
人の体を食べた魚
魚が魚を食べた魚
いきのよい魚だよ
　ヒラメ　ゲタ　サバ　カワハギ
アサリ　タコ　タチウオ
イカナゴ　イカ

くろがねもち

くろがねもちにメジロがとまった
シジュウカラがやってきた
ジョウピタキもやってきた　おくれてヒヨドリも
紅い実はたちまち　なくなる
誰が一番たくさん　食べたろう
大きな鳥が小さな鳥より多いとは限らない
勇気ある小鳥の方がたくさん食べた

わたしが見ているのに知らん顔して

紅い実をついばんでいる
背の高い大きなくろがねもちもあきれ顔
小鳥たちのにぎやかな呼び声に
となりのおばあさんが家から出てきて
庭の石段に腰かけて　大口を開けて見あげている
　山に食べ物がなくなったのだろう
　腹八分目　味が大切だよ

山の端にみかん色の太陽がおちかかると
カラスが紅い実をみつけて
どたどたやってきた
小鳥たちは驚いて　山の方へ
いっせいに飛び立った
明日は晴れになるだろう

月と卵

月が砂浜を透って行く
海から吹いてくる風が涼しい

砂浜の小さな穴
ぽつ　ぽつと　となりあった穴から
スナガニがはい出してきた
十本の足をからみあわせ
相撲をとっている

カニは横目でみながら
横に横に歩いていく
岩と岩のあいだで
ふるふると体をふるわせ
卵を産んだ

海から潮が流れてきた
どこかで赤ん坊が生まれた

猿の目

窓を開けると
猿の赤い目と会った
白モクレンの木に登って
じっとわたしの家を見ている

餌をほしがっている
老いた猿
人間世界にしがみついている

わたしは見ないようにして
台所にかけこんだ
思いっきりお菓子を食べた

猿よ　どうか山へ帰りなさい
一匹の猿と一匹の猿が
お互いに毛づくろいをしながら
楽しく生きてほしい

散歩をする

雨が降らない日は
家の前の道を
まっすぐ歩いて行く

草原の丘へ行こう
坂道になってくる
登っているかと思うとくだっている

どこからか水仙の匂いがしてくる

球根が飛び出している
あぜ道にさしかかった

ひとときの休みがほしい
楽しいことを探そう
笑っている顔をみつけよう

ネオンがついたヴェルサイユ宮殿に入る
シャネル№5の匂いがして
金色のネオンがピカピカ光って
踊っている　男と女

となりの焼き肉店に入る
牛の舌をじゅうじゅう焼いて

大口をあけて　ペロリと食べた
至福のときが過ぎた

空が暗くなってきた
早く早く歩かなければ
雨が降ってくる
近くのゴルフ場へ逃げ込んだ

雨がやむと
水たまりをよけながら歩いて行く
つきあたりは巨大な鉄の工場

親鳥

坪庭のもみじの木
その幹の葉陰に
雄のひよどりが巣を作った
それから毎日　ひよどりの雌が巣の中に座っている
二、三日して巣の中をのぞくと
うずら卵大の卵が三個　ころがっている
雨の日も　風の日も　晴れの日も
雌鳥は卵をあたためている

二週間位して　ピイ　ピイ　と鳴き声がする
とうとう　卵を割ってひなが出てきた
両親にえさをねだっている
父鳥と母鳥がかわるがわるえさをとってくる
えさは虫　みみず　木の実等
ひなの口の大きなもの　鳴き声の大きいものが
どうもえさが多いようだ

それでも三羽とも元気に育っている
雛たちはかわるがわる羽ばたきの準備をしている
九月初めの晴れた日
親鳥のピイ・ピイ・ピイーヨとやかましい
「もうえさはあげないよ
　早く巣の外に出てきなさい」と

親鳥は巣の外の樫の木の上で呼んでいる
大きな雛が羽ばたきをしてエイっと巣から飛び立った
ころがりそうになりながら親鳥のいる所に飛びついた
親鳥は安心して雛に餌を与えている

それから二番目の元気な雛が巣から飛び立った
その時親鳥のものすごい大きな鳴き声がして　何かさしせまったような声がした
若い蛇がもみじの木を登って巣の中の雛を食べようとしている
親鳥はさーと樫の木から飛んで来　蛇をつっついた
蛇は驚いてもみじの木から滑り落ち　逃げて行った
三番目の雛はふるえながら巣からでて来　地面に落ちて
親鳥のいる樫の木の所に飛びたった
それからはもう二度と巣には帰らなかった

手

あなたの手がほしい
土地を耕す手
手折れた竹を切る手
太陽に手をかざして
後ろ向きの顔をおおっている手

重いカバンを手に持って
遠い道を去って行く
わたしにさよならを言って

手をふる笑顔が
わたしを前の道へ押してくれる

わたしはゴミを燃やした
雑事が洗濯された
新しい洋服を選んで
旅に出よう

波どう

老人会では津波の防災対策を話しあっている
「高い所へ逃げればいい　例えば大見山の頂上に登れば笠岡市街が一望できる」
「瀬戸内海は南に四国があるので強い津波にならないだろう」
「干拓地が広いので津波はゆっくりと来るだろう」
「カンズメとレトルト食品とマッチと水と電池を袋に入れて準備しておくこと」
「津波を見たことがない　波の動き方をみたい」

寒いこの時期は畑の仕事もおやすみだ
淡路島の鳴門の渦潮を見に行こう

バスに乗って　お菓子を食べながら　ひっきりなしに口を動かして
老人たちはいきいきしている
淡路島は人通りの少ない静かな町だ
道の片端に石灯籠が並んでいてバスでまっすぐ行くと寺院につきあたる
玉ねぎ畑が広がっており　線香工場から線香の香りがしてくる

バスは公園のトイレに寄ったり　神社の赤い鳥居をくぐったり
ぐるぐると走って行く
にぶい太陽がバスの真上に来るころ　鳴門に着いた
鳴門の渦潮は満潮の波と干潮の波のかわりめで引き潮の波が海の中の岩にぶつかり
渦をまくようになる　右まわりと左まわりが生じる
海面から高さ四十五メートルの橋の上から下の渦潮をのぞき見る
ガラス床の下に渦潮　大潮の時は直径二十メートル以上になる
波がぐるぐるぐると　だらしなくまわっている

じっと見つめていると　渦の中心に沈んでしまった
海の中はうす暗くワカメや海藻の宝庫で
ぶくぶく肥って四メートルのだいおう烏賊になってしまった
いつか　地球の空気を吸うために
海の上に浮かんだら
きっと死んでしまうだろう

洪　水

夜明け　水の音で目がさめる
ゴー　シュウー　シュウー
ザワー　ザワー　ザワー
窓を開けると
家の前の道がない
流れる川になっている
濁流がのの字を書いて
いきおいよく　うずまきながら

流れてくる　ながれてくる

わたしは歩けない
車も通れない
デイサービスの車も来ない
郵便やさんも来ない
子供たちは学校へも行けない

下の家の庭は
池になっている
紫陽花が五本　浮かんでいる
窓から猫がのぞいている

見上げると

空は曇っていて
いまにも雨が降りそうだ
向かい側の山のふもと
墓所がくずれそうだ
洪水は　「モルダウ」* 川のように
ゆっくりと　この街を通りすぎた

＊スメタナ作曲「モルダウ」

神楽の話

淡雪が降った　両側の山はうっすらと雪をかぶっている　バスは安芸高田市へ向かう　ここは「神楽」と「温泉」がある町だ
バスの中ではおじいさんやおばあさんがひっきりなしにしゃべっている　山から猿がおりてきて畑を荒らしてしょうがない　役所に言ってもなかなか退治してくれない　家の軒下につるしている干し柿も猿に食べられてしもうた　畑の白菜も食べられるから　土の下に隠したり漬物にしているのじゃ　話は猿から　テンになり　タヌキになり　キツネになり　いたずらの話しはえんえんと続く
バスは山陽道から山陰道に向けて　だんだんと山の中に入って行っ

た　どこまで行っても道は整備されている　冬の日差しがバスの窓
に当たり　うとうとと眠気に襲われる
三時間位経って目を覚まし　十念寺の前におりた
年とった和尚・珍斉が庭の枯葉をほうきではいている　なかなかし
んどいわいと言いながら　大きな岩の上に腰かけて煙草をふかして
いる　そこに美しい若い旅の女がやってくる　和尚さんは喜んで女
の人に近づき　今晩とまっていきなさいと言う　女は美しい笑顔を
向けるのだが目つきがするどく　何かを探しているようだ　和尚が
寺の中に入ろうとして振り向くと　女はキツネになっていた　キツ
ネは一瞬和尚の背中にとびつき　つかまえて倒し食べてしまった
キツネは和尚になって寺を根城として悪事を重ねる　村人たちは困
り果て　役人三浦介・上総介という弓の名人に征伐を頼む　金襴緞
子のうちかけを着た立派な役人たちは見事にキツネを退治する
「よかった　よかった」と言って村人たちは笑いあいました

美術館

六月三日の新聞紙上に中国地方梅雨入りと書かれていた。

朝から水蒸気が立ちこめる　ぼわぁぼわぁとした空気　午後から雨になりますと。文化連盟主催の足立美術館見学に参加した。バスで山あいの道を笠岡市から安来市（島根県）まで二時間半かかった。高齢者たちはおしゃべりに夢中になっており　早く着いたように感じた。

わたしは十年ぶりに足立美術館へ行った。どちらを向いても山ばかりの中に美術館が建っていた。広く大きな建物で新館も建っていた。当館の創設者　地元出身の実業家・足立全康の銅像が庭に向かって立っていた。創設者の庭づくりへの情熱を生き生きと伝える五万坪の日本庭園だった。

枯山水庭・白砂青松庭・こけ庭・池庭と歩をすすめるたびに眼前に広がる閑雅な風情、館内の日本画とよく調和している。

横山大観の「無我」、「愛宕路」、「曳舟」、「海潮四題・夏」……川合玉堂の「雪降る日」……榊原紫峯の「雪柳白鷺之図」……竹内栖鳳の「五月晴」　伊東深水の「夢多き頃」……。

二階に上がる階段の所に長方形の大きな窓があり何気なく目を向けると枯山水の庭が一枚の絵になっている。足を止めて見ていると、「あら　あなた肥ったわね」と声がした。振り向くと近所のおばあちゃんが立っていた。「わたしなんか相続税を払うよりこの一枚の絵を買いたいわ」と言う。ふと　この素晴らしい絵はいくらかかったのだろうと思った。

この静かな庭園をもった美術館で、多くの人々にみてもらえる、絵にとっては幸運であり　あるべき所にある絵こそ何にもかえがたい高貴な価値があるのだと納得した。

夕映えのなか

アメイジング・グレースを歌って家へ帰る
開拓地の車道を走る
両側にキャベツ畑　桃畑

向こうのビルの谷間に
まんまるい　みかん色をした太陽が沈む
カラスが山へ帰る

空はみかん色をしたところ

灰色の雲が出ている
小雨がポツリポツリ　降っているところ
ぼんやりと朱色の夕やけ

みかんが山裾の墓所へ落ちて行く
初めてあの人と会った時
「あなたは青いみかんのようだった」と言った
いまではわたしは熟しすぎた朱色のみかん

「あなたのアイデンティティは何ですか」
わたしはひとり
もう答えられない
夕映えのなか　あの人が笑っている

巴里祭

透明な太陽の光がセーヌ川をキラキラ照らす
七月十四日はフランス共和国成立を祝う日だ
パリの人びとはシャンゼリゼ通りをパレードしている
エッフェル塔の前ではコンサートを行っている
夜になると　花火を打ち上げパリ祭をしめくくった

七月末　広島県尾道市のベル・カントホールでせとだ巴里祭が催された
シニア世代の人達が岡山や福山からバスに乗って
しまなみ海道を渡ってやってくる

ホールではつばの広い帽子をかぶったおしゃれな婦人たち
ひげ面の紳士がちらほら　待っている

舞台の幕があがる
シャンソンを歌いだした
ア・パリ　五月のパリが好き　パリの空の下　パリの屋根の下
聞かせてよ愛の言葉　パリの散歩道　愛の讃歌　ろくでなし　次から次へ
歌の中で　パリのマロニエの並木道を
恋人たちが腕をくんで散歩している
自由だ　明るい希望を夢見て　ラララー　ララ

順番がきて　私たちの桃香先生が「ろくでなし」を歌い出した
突然　私の前の席の花飾りの帽子をかぶった人が立ちあがり
ブラボー　ブラボー　ブラボー　と叫んだ

一七八九年七月　パリの民衆はバスチーユ牢獄の政治犯を釈放した

花冷えの頃

曇り後晴れ　また曇って小雨が降り出した
部屋がうす暗くなってきた
桜の花が白く輝いている
平成十年三月　夫が桜の木を庭に植えた
近所の人が庭を通り過ぎる

窓から庭の桜の花に目を転じた
桜の木の下には誰も居ない
小雨はあるかなしかの音をたてている
雨滴がポツリポツリと花びらをたたく

花弁の下から薄緑色の小さな葉がのぞいている
風が吹くと花弁が散る
白い花びらが坂道にべったりとはりついた

小雨がやんだ
だんだんと闇がせまってくる
桜の木が黒色になり闇の中に消えた
桜の花は白く輝き出した
桜の木の精がシテになり
世阿弥の「西行桜」を舞っている
白足袋が舞台のすみからすみまで
摺り足で走って行く
わたしは白装束を着てワキになり
シテのあとを追いかけていく

畑の中で

初冬の日差しが射して静かな日だった
家の前の道を隔てた向かい側の
畑へ行った
畑の中にガボッ　ガボッと穴があいている
どうもイノシシが山からおりてきたらしい
食うに困っているようだ

腰をかがめて野菜をとる
その時　ガサッ　ガサッと音がして

イノシシが顔を出した
本当に猪突し猛進してきた
食うか食われるか　まっすぐ見つめると
わたしはじりじりと後ずさりした

ハンターが鉄砲でイノシシを撃った
わたしはびっくりしてしりもちをついた
明日はジビエ料理をつくろう
わたしは元気だ

龍神

熱帯夜になった
首すじにじっとりと汗が出た
大きな音がして窓に近づくと

突然　空から龍が光を噴きながらおりてきた
同時に　大木が真っ二つに裂けた
ピカリ　ピカリと光輝く

龍は地面に線を描いて這ってゆく

風呂場へ入りこんだ
尾っぽで　窓をたたいている

わたしはあわてて床の間をみると
「龍神の画」がかかっている
大きな音とともに龍の目がギロリと光った

大粒の雨滴がポツリ　ポツリ
急に　大雨が滝のように降ってきた
龍ははげしく　踊り狂い
天井にはりついている

翌朝　田んぼをみると

ぽっかりと大穴があいている
雷が田んぼに落ちたのだ

雷は稲妻・稲光と言われ
稲の豊作をもたらすと言われる
人びとは水田に青竹をたてて
しめ縄をはって龍神を祝った

あとがき

二〇一一年は忘れられない、悲しい年でした。

一月九日、夫坂本忠次が地方自治学会に参加して、その時泊まった旅館で息を引き取ってしまいました。

三月十一日、東日本大震災が起こり多くの人が亡くなりました。

その後、二〇一六年には熊本大震災が起きました。

最近、自然災害が発生しゲリラ豪雨になることが多くなりました。散歩をする時でもスマホで天気予報を確認するように心がけています。

詩集『夕映えのなか』は私の五冊目の詩集です。

二〇一〇年一月から二〇一八年一月まで、詩誌「穂」・「どぅるかまら」・『四土詩集』・『中四国詩集』などに発表した作品を収録しております。

　本詩集の刊行にあたって出版を引き受けてくださった砂子屋書房の田村雅之氏ならびに装丁を担当してくださった倉本修氏には大変お世話になりました。心から感謝いたします。

二〇一八年二月

坂本法子

坂本法子（さかもと・のりこ）

一九四〇年　広島県福山市に生まれる
一九六三年　広島大学教育学部卒業

著書・詩集
詩集『一日のしめくくりの時が好きだ』（手帖舎・一九八二年）
『近代岡山の女たち』（共著）・（三省堂・一九八七年）
『岡山の女性と暮らし』（共著）・（山陽新聞社・一九九三年・二〇〇〇年）
詩集『水面に浮く影』（手帖舎・一九九〇年）
詩集『白い坂道』（西日本法規出版・二〇〇〇年）
詩集『雪上の足跡』（砂子屋書房・二〇〇九年）
詩集『夕映えのなか』（砂子屋書房・二〇一八年）
『四土詩集』第Ⅰ集（共著・和光出版・二〇〇二年）・第Ⅱ集（同・二〇〇五年）・
　第Ⅲ集（同・二〇〇八年）・第Ⅳ集（同・二〇一一年）・第Ⅴ集（同・二〇一四年）・
　第Ⅵ集（同・二〇一八年）

所属　「どぅるかまら」「穂」「四土の会」
　日本現代詩人会会員・岡山県詩人協会会員・中四国詩人会理事

現住所　〒七一四―〇〇六二　岡山県笠岡市茂平二四四八

夕映えのなか　坂本法子詩集

二〇一八年四月三〇日初版発行

著　者　坂本法子
発行者　田村雅之
発行所　砂子屋書房
東京都千代田区内神田三―四―七（〒一〇一―〇〇四七）
電話〇三―三二五六―四七〇八　振替〇〇一三〇―二―九七六三一
URL http://www.sunagoya.com

組　版　はあどわあく
印　刷　長野印刷商工株式会社
製　本　渋谷文泉閣